LES

FRONDEUSES

SATIRES ET POÈMES

NOUVELLE ÉDITION

DES MYSTÈRES DE LA VIE

REVUE ET CONSIDÉRABLEMENT AUGMENTÉE

Par BESSE DES LARZES

1re Livraison. — 40 centimes.

LYON

IMPRIMERIE D'AIMÉ VINGTRINIER,

quai Saint-Antoine, 36

1858

LES

FRONDEUSES

SATIRES ET POÈMES

NOUVELLE ÉDITION

DES MYSTÈRES DE LA VIE

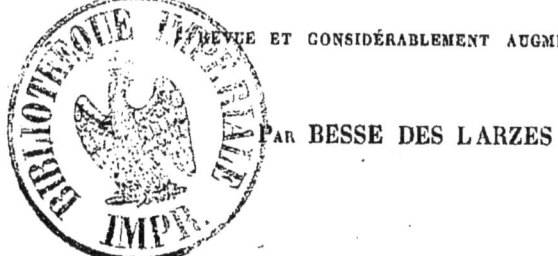

REVUE ET CONSIDÉRABLEMENT AUGMENTÉE

PAR BESSE DES LARZES

LYON

IMPRIMERIE D'AIMÉ VINGTRINIER,
quai Saint-Antoine, 36.

1858

On a tant vanté le *positivisme* et le *prosaïsme* actuels, tant dit de mal de la Poésie, cette reine des anciens jours, que, faire des vers en plein dix-neuvième siècle, semble une folie ; les publier, passe pour une audacieuse témérité.

Voilà pourquoi, si je recueille ici un choix de mes essais poétiques inédits ou parus en opuscules ou dans des journaux, je n'ose les tirer qu'à un petit nombre d'exemplaires et sous l'humble et timide forme de livraisons successives, bien que la première édition des *Mystères de la vie* se soit écoulée assez rapidement, *sans aller à Paris*.

Quand il ne s'agit pas d'une œuvre savante ; où toutes les questions s'enchaînent rigoureusement et qu'il faut voir dans son ensemble, pour la juger ; ce système de publication, quoi qu'on en dise, n'est pas sans avantage, sinon pour l'auteur qu'il pose moins *fièrement*, du moins pour le lecteur qui peut ainsi, avec *quelques centimes* et en quelques instants, connaître la valeur d'un travail, et s'arrêter à ce premier essai ou continuer à son gré. Ce que l'auteur peut faire aussi, suivant que le succès des premiers nu_ méros réalise ou trompe ses espérances.

Ainsi voulons-nous faire. Mais si les trois ou quatre premières livraisons succèdent au gré de notre modeste ambition, nous publierons les suivantes rapidement, jusqu'à douze ou quinze, de telle sorte qu'on puisse en former, à la fin, un volume de poésies morales, philosophiques et chrétiennes choisies, parmi ce qui nous paraît le plus présentable, entre une foule de *notes* diverses essayées dans tous les genres de compositions poétiques.

Ces *notes* ont été modulées, depuis cinq ou six ans, soit pour faire diversion à de poignantes et opiniâtres souffrances, par les soins et les efforts de la mesure et de la rime ; soit pour exercer et assouplir notre style ; soit enfin pour céder à l'entraînement de quelques-unes de ces grandes pensées qui saisissent, transportent, élèvent à la fois l'esprit, le cœur et l'imagination.

Je dédie ce Recueil principalement à la jeunesse. Cet âge riant et généreux est toujours sensible aux bonnes pensées et aux purs sentiments, tant que les passions flétrissantes et les tristes réalités du monde n'ont pas altéré ou dévié ou même étouffé ce sublime amour que nous avons reçu de la nature pour le vrai, le beau et le bien.

J'éviterai donc, avec le plus grand soin, toute idée, toute image, toute expression capable de porter la plus légère atteinte à ces fleurs candides et pures qui croissent pour l'immortalité et s'épanouissent aux rayons du soleil infini des intelligences.

Heureux seront nos vers s'ils peuvent contribuer, tant soit peu, à nourrir ou développer en quelques âmes jeunes encore, par le temps et les idées, ces nobles instincts hors desquels la vie la plus étincelante en apparence, n'est qu'une chaîne de sombres erreurs ou d'éclatantes chimères ; et l'humanité tout entière, un horrible et ténébreux cahos, malgré les progrès tant vantés de la science, de l'industrie et des arts et d'un apparent bien-être matériel.

Près de Lyon, chemin des Aqueducs de St-Irénée, le 30 janvier 1858.

LES

FRONDEUSES

SATIRES ET POÈMES

———

LA MODE.

SATIRE.

Au progrès, en ces mots, la Mode nous invite :
« Un habit bien taillé, tel est le vrai mérite,
« Parez et vernissez, d'un beau vernis, ces chairs
« Où la passion grouille, où pullulent les vers ;
« Consacrez à ce but arts, progrès et science,
« Et des siècles passés la longue expérience.

« A moi ! littérateurs, académiciens,

« Poètes, orateurs, peintres, physiciens,

« Que vous sert de pâlir pour écrire un beau livre ?

« Je suis la Mode et viens pour vous apprendre à vivre.

« Cessez d'interroger la nature et les cieux ;

« Au siècle de lumière ouvrez enfin les yeux.

« Inventez-moi corsets, jupons et percalines,

« Pommades, blancs de fard, perruques, crinolines,

« Et les rois, l'œil fixé sur vos inventions,

« Feront pleuvoir sur vous les décorations.

« La nature radote, étouffons la nature ;

« Élargissez les flancs et serrez la ceinture.

« Imitez des tonneaux les gracieux contours,

« Femmes ! rivalisez d'ampleur avec les tours. »

1857.

L'INTUITION.

MÉDITATION POÉTIQUE.

> Oh! qui me donnera des ailes!

La raison par la foi fait monter l'âme aux cieux ;
Or, la foi couronna les martyrs radieux.
Sous la dent des lions ces riantes victimes
Faisaient trembler les rois et foudroyaient les crimes.
Plongés dans l'océan de la Divinité,
Ils s'enivraient d'amour, de gloire et de beauté.
Sur le pauvre souffrant, l'éternelle substance
Fait jaillir des torrents de féconde espérance,
A travers mille maux verse mille plaisirs ;
Devant eux les objets des terrestres désirs,
Rayons décolorés que la folie adore
Sont des ombres fuyant sous les feux de l'Aurore.

Le monde est un tableau sublime où sont dépeints
D'un astre étincelant quelques reflets éteints,

Un jeu d'un ouvrier qui mit en son ouvrage
Un mobile miroir d'une immobile image.
Devant cet océan, ce peintre, ces clartés,
Le sage, environné d'invisibles beautés,
Secouant le fardeau de sa prison mouvante
Comme l'aigle qui brise une chaîne impuissante,
S'élance libre et fier dans les splendeurs des cieux,
Et dans l'immensité plane majestueux,
Et franchissant du temps la barrière invincible
S'avance en frissonnant dans les champs du possible,
Dérobe le flambeau de la Divinité ;
De son règne sans fin sonde l'immensité.
L'Infini se dévoile à ses yeux face à face,
Les anges étonnés admirent son audace,
Et la terre à ses pieds est un frêle rouet
Que le souffle de Dieu lança comme un jouet.
D'un soleil éclatant pâlissante planète,
Elle rampe en son orbe où mugit la tempête.
Et le soleil lui-même est un humble flambeau,
Sombre comme la nuit devant le jour nouveau.
D'autres astres géants timide satellite,
Autour d'eux à son tour parcourant son orbite,
Immobile à nos yeux mais dans l'immensité,
Plus vite que l'éclair en sa course emporté,
Entraînant avec lui les globes de lumière,
Comme un souffle de feu, les torrents de poussière,

Et de ces vastes corps le globe illimité
Est un point insensible en l'espace jeté.
Mon esprit croit en vain embrasser cet espace,
Toujours multiplié, toujours il le dépasse ;
C'est un cercle intangible, infini tout autour,
Dont le centre est partout, nulle part le contour (1)
Dans ce cercle infini les nations puissantes,
Les vastes continents et les mers frémissantes
Sont des gîtes étroits sur des gouffres béants
Où s'agitent des nains qui se disent géants.

(1) C'est un cercle dont le centre est partout, la circonférence, nulle part.   (Pascal).

On peut trouver étrange cette supposition du mouvement du soleil, non plus autour de la terre, mais autour d'un autre soleil, avec tout le système des étoiles appelées fixes, et de ce second soleil, à son tour, avec son système, autour d'un autre et ainsi de suite indéfiniment, et de cette longue hiérarchie de soleils et de mondes croissant en grandeurs et en distances comme autant d'infinis de divers ordres. Qui sait cependant s'il n'en est point ainsi ? Personne ne peut l'affirmer. Nous ne connaissons que le mouvement relatif. Le mouvement absolu échappe à nos prises et dépasse tous nos moyens d'investigation. L'esprit se perd et reste comme foudroyé dans la contemplation de cette infinitude de l'étendue que Dieu remplit tout entier de son invisible substance, tout entière en tous lieux, et de la fécondité divine qui peut semer éternellement dans cet espace, les soleils et les mondes, comme nous semons les myriades de grains de blé dans nos champs sans en diminuer en rien l'étendue et la capacité.

Que la terre est petite à qui la voit des cieux !

L'un d'eux, les dépassant comme un houx la bruyère,
A ses pâles rivaux fait mordre la poussière ;
Sous sa rage roulaient mille ennemis tremblants ;
A grand fracas croulaient leurs palais chancelants,
Alors de l'Eternel il crut saisir la foudre,
En frapper les cités et les réduire en poudre ;
Il crut de ce qui naît oubliant le destin
Que son règne d'un jour n'aurait jamais de fin.
En son impie orgueil s'égalant à Dieu même,
Se croyant ici-bas dominateur suprême,
Il portait jusqu'aux cieux son front triomphateur :
Un petit grain de sable écrasa sa grandeur.
Grand Dieu ! de l'homme à toi qui verra la distance ?
Qui dira les effets des jeux de ta puissance ?
Toi seul de ta bonté connais la profondeur.
Oh ! qui me donnera d'entrevoir ta grandeur ?
Quand pourrons-nous, laissant les mondes en ruines,
Monter jusqu'aux sommets de tes saintes collines ?
Grand Dieu ! quand viendra-t-il ce beau jour où mon cœur
Epanchera son être au sein de son auteur ?
Pauvre enfant exilé quand verrai-je mon père ?
Quand pourrai-je sourire au regard de ma mère ?
Oh ! qui t'emportera sur des ailes de feu,
Mon âme ! pour voler où réside ton Dieu ?
Quand finiront les jours d'une trop longue attente ?
Quand verrai-je de près la lumière éclatante

Dont les lointains reflets m'inondant de plaisir,
De posséder la source accroissent mon désir ?

. . . .

. . . .

Où vais-je, Muse sainte, à mes timides yeux
Daigne au moins tempérer la splendeur de ces feux !
Toi qui ravis mes sens, ardente et douce flamme,
Viendrais-tu m'annoncer que le Dieu de mon âme,
De ma prison de boue a brisé les liens
Pour étancher ma soif aux sources des vrais biens ?
Donne-moi l'innocence et le dédain du monde
Pour boire sans mourir l'Infini qui m'inonde !

1851.

HYMNE A LA CHRÈCHE.

Vrai fils de l'Eternel, plus ancien que les ans,
Dans le temps engendré, tu fus avant les temps.
Toi-même l'ouvrier, toi-même ton ouvrage,
Dans tes œuvres toujours tu gravas ton image.
Infini, tout-puissant, immuable, éternel,
Tu daignas te couvrir des langes d'un mortel.

Toi devant qui les cieux, les mers, la terre tremble,
Qui vois comme un néant tout l'univers ensemble,
Toi qui créas les temps et qui ne peux finir,
Toi que le monde entier ne saurait contenir,
Toi qui pouvais, d'un mot, réduire l'homme en poudre,
Tu laissas là, pour lui, ta grandeur et ta foudre.

Tu laissas tes palais, tes anges radieux ;
Pour lui, tu déposas les éclairs de tes yeux,

Et, voilant de ton front l'éclatante lumière,
Tu devins faible enfant dans le sein d'une mère,
Et, d'une auguste vierge, un adorable flanc
Porta neuf mois un Dieu sous les traits d'un enfant.

O femme! O Vierge-Mère! O mystère ineffable!
De grossiers animaux, dans une pauvre étable,
Ont frémi tout à coup de saints frémissements,
Et l'Enfant-Dieu naquit et ses vagissements,
Attestant que pour l'homme il s'offre, humble victime,
Ont fait rugir Satan au fond de son abîme,

Et les anges ravis, dans les splendeurs des cieux,
Accourent adorer leur Maître glorieux.
Le jour s'est écoulé.... la nuit étend son voile,
Et les mages, suivant l'intelligente étoile,
Trouvent leur Dieu naissant au sein de la douleur,
Une mère en ses bras tenant son Créateur.

Et l'astre, sur le toit s'inclinant en silence,
Adore son auteur; puis, dans l'espace immense,
Va dire, en tressaillant, aux globes radieux
Qui, dans l'immensité, planent majestueux:

« En un petit réduit d'une pâle planète,

« Qu'agitent les autans, qu'insulte la tempête,

« Le pilote suprême a voilé sa grandeur,

« Et d'une Créature est né le Créateur. »

Et les astres géants, dans la céleste voûte,

Chantent un hymne immense et suspendent leur route.

C'est toi qui, des forfaits dégageant les pécheurs,

Changes en saints-pensèrs les monstres de leurs cœurs ;

De la foi de tes saints tu pénètres l'impie,

Et dans les corps éteints tu fais rentrer la vie.

Et les morts étonnés, au fond de leur tombeau,

Ont senti dans leurs flancs couler un sang nouveau.

Que ta foi dans mon cœur soit à ma dernière heure,

Homme-Dieu ! tu parus dans la sombre demeure ;

Pour appeler les tiens au palais éternel,

Dans le règne des morts tu marchas immortel ;

Et l'ange de la nuit, qui veillait là, sans trève,

Accourut sur tes pas en abaissant son glaive

Et saluant le roi du triomphe à venir,

Tu nais sans commencer et tu meurs sans finir ;

Secouant du tombeau les impuissantes chaînes,
Tu commandes au sang de rentrer dans tes veines !

Et le sang dans ta chair à ta voix a coulé,
Et d'effroi, devant toi, la Mort a reculé.
Puis, versant sur tes pas des fleuves de lumière,
Tu remontas aux cieux, à côté de ton Père ;
A celui qui t'engendre en sa divinité,
Seul égal, trois fois un, triple dans l'unité !

25 décembre 1852.

LES TABLES TOURNANTES.

SATIRE.

UN CROYANT ET UN ATHÉE.

Le Croyant.

Tout fait qui se produit rencontre un fait pareil :
Chaque planète tourne autour de son soleil,
La lune tourne autour de la terre mouvante ;
Aux lois de l'univers toujours obéissante,
La terre tourne autour du soleil, vaste aimant :
Ce brillant roi du jour tourne rapidement,
Immobile à nos yeux, mais, humble satellite,
Autour d'autres soleils décrivant son orbite.

Tout tourne dans les cieux et tout tourne ici-bas ;
O table, pourquoi donc ne tournerais-tu pas ?

Des faibles passions les fougueuses tempêtes
Comme en un tourbillon font tournoyer les têtes.
En vain tu prétendrais, mortel audacieux !
Arrêter du courant l'effort impétueux :
Des bords de la Tamise aux rives du Bosphore,
La passion dit : « Tourne, ô mortel ! tourne encore ! »

Tout tourne dans les cieux et tout tourne ici-bas,
O table, pourquoi donc ne tournerais-tu pas ?

Sans pouvoir étancher l'ardeur qui le dévore,
L'homme s'agite autour d'un métal qu'il adore ;
Le magique contact d'un sable chatoyant,
Que l'habitant des bois foulait insouciant,
Que la terre insultait dans ses grottes profondes,
A tourné les esprits et remué les mondes.

Tout tourne dans les cieux et tout tourne ici-bas,
O table, pourquoi donc ne tournerais-tu pas ?

Un liquide au métal dans Paris se marie,
Et des bords de la Seine aux champs de l'Ibérie,
Un fil révélateur de joie ou de danger,
Immobile et pourtant rapide messager,

Fait tourner à mon gré l'aiguille intelligente ,
Et sème ma pensée en sa langue savante.

Tout tourne dans les cieux et tout tourne ici-bas ,
O table, pourquoi donc ne tournerais-tu pas ?

Ce principe qui porte en mon sein les pensées,
Et riant au présent, rêve aux choses passées ,
Et, tout caché qu'il est, sent, veut, se montre en moi ,
Dit à mon corps : « Va ! viens... plus vite !... arrête-toi ! »
Et le corps, ignorant qu'en lui réside un maître ,
Obéit à sa voix... Aux ordres de cet être
Invisible et présent qui règle tous mes pas ,
O table, pourquoi donc n'obéirais-tu pas ?

A l'auguste nature arrachant ses longs voiles,
Le Roi de l'univers marchait vers les étoiles :
Sous ses doigts frémissants un faible bois tourna :
Le fait était nouveau , l'homme s'en étonna.
Les mortels oubliant qu'en eux tout est mystère ,
Pour expliquer leur corps remuant la matière ,
Evoquèrent tremblants des esprits ténébreux ,
Sans songer à l'esprit qui vit et règne en eux,

L'athée.

— Tous les peuples ont cru, dès le berceau du monde,
Qu'ils ont du Tout-Puissant une empreinte profonde :
Erreur ! peuples ! erreur ! Mais ce qui me confond,
Ce qui cache à ma vue un mystère profond,
C'est le chapeau tournant, c'est la table tournante :
Mon âme, à ce prodige, interdite et tremblante.
Dans un bois de noyer qui la saisit d'effroi,
Enfin trouve son Dieu, sa lumière, sa foi !
O table, qui dira ta vaste intelligence ?
Sublime guéridon, j'adore ta puissance.

D'un grain menu jeté dans un épais limon
Que le soc outrageant creuse en un long sillon,
J'ai vu naître l'ormeau dont l'ombre tutélaire
Contre un soleil brûlant m'offre un toit salutaire,
Qui, mariant le lierre à son tronc amoureux,
Protège des oiseaux le lit harmonieux,
Et féconde à son tour le sol qui le féconde.

J'ai vu l'ordre infini qui règne dans le monde,
Le prisme reflétant de mobiles couleurs,
Le vallon rajeuni par l'incarnat des fleurs,

Le calice odorant qui ne fait que d'éclore,
Et s'ouvre avec amour aux baisers de l'aurore.

J'ai vu, loin du côteau qui lui donna le jour,
Et des beaux lieux témoins de son premier amour,
L'hirondelle fuyant les neiges de nos plaines,
Demander un asile à des plages lointaines.

J'ai vu l'aimant sur lui faire voler le fer,
L'arrêter suspendu dans le vide de l'air;
J'ai senti dans mon sein un esprit qui m'enflamme;
J'ai vu mon corps docile à la voix de mon âme;
De la mer en courroux le flot majestueux,
Le soleil fécondant la terre de ses feux,
Les astres, vaisseaux-rois, dans la céleste voûte,
Sans mâts, sans nautonniers suivant toujours leur route,
Dans l'espace infini qu'ils ne connaissent pas,
Sans s'arrêter jamais, sans dévier d'un pas;
J'ai vu... Mais tous ces faits aussi vieux que le monde,
Frappent d'un faible esprit l'ignorance profonde,
Ils ne m'étonnent point... Ah! ce qui me confond;
Ce qui voile à mes yeux un mystère profond :

C'est le chapeau roulant, c'est la table roulante !
Mon âme à ce prodige, interdite et tremblante,

Dans un bois d'oranger qui la saisit d'effroi ,
A reconnu son Dieu , sa lumière, sa foi !
O table, qui dira ta vaste intelligence ?
O guéridon savant , j'implore ta science !

Le Croyant.

Dans son cœur le méchant nia son Créateur ,
Il crut dans la nature embrasser son auteur :
Et la foi se voila, la foi , flambeau suprême :
Puis tout fut Dieu pour l'homme , excepté Dieu lui-même.
Le savant sur la boue a concentré ses yeux ,
Ses yeux qui furent faits pour contempler les cieux.
Dès-lors il méconnut l'auteur de toute chose
Et l'effet à sa vue est devenu la cause.
« La nature , c'est tout ! âme, principe et fin,
« Corps, esprit, tout en sort, et tout y entre enfin. »
Il dit et, pour cacher sa superbe ignorance
Et d'un air de grandeur voiler son impuissance ,
Il inventa des mots : AGENTS ! ATTRACTION !
PESANTEUR DE LA TERRE ET GRAVITATION !
ATOMES ÉTHÉRÉS ! RAYONS CALORIFIQUES !
FLUIDES ANIMAUX et COURANTS MAGNÉTIQUES !
Et l'homme, en redisant ces mots prétentieux,
Crut avoir dérobé tous les secrets des cieux.

« Enfin, dit-il, je nage en des flots de lumière ;

« La nature visible est l'essence première.

« Mais ce qui m'éblouit, mais ce qui me confond,

« Ce qui voile à mes yeux un mystère profond,

« C'est le chapeau tournant, c'est la table tournante !

« Mon âme à ce prodige, interdite, tremblante,

« Dans ce bois vermoulu qui me remplit d'effroi,

« A mis son avenir, sa lumière, sa foi.

« O table, qui dira ta vaste intelligence ?

« Ombre du guéridon, j'implore ta clémence. »

Faux sages, vains esprits, superbes follement,

D'où viennent ces transports et ce frémissement !

La matière agissant sur l'inerte matière,

Insensés, est cent fois un plus profond mystère

Que l'homme remuant des corps par le vouloir,

Et par là de son Dieu reflétant le pouvoir.

. . . .

. . . .

Il dit : « Lumière, sois ! » Et la lumière fut !

« Monde, sois fait de rien. » Et le monde apparut !

« Vous, planètes, tournez autour de vos étoiles !

« Toi, nuit, succède au jour. » Et la nuit prend ses voiles ;

Les globes à leur poste accourent radieux ;

Autour de leurs soleils tournent harmonieux.

Alors se recueillant : « Achevons notre ouvrage !
« Dit-il, que les humains soient faits à notre image. »
Et, prenant du limon, il en forma nos corps ;
Puis, de son infini déployant les trésors,
Il tira de son sein une immortelle flamme,
Un rayon de sa face, en façonna notre âme,
Lui dit : Commande aux corps, soumets-les à ta loi,
« Et règne sur le monde en adorant ton roi... »
Et l'homme fut créé reflétant sa puissance :
Le monde à son aspect s'inclinait en silence,
Le cheval indompté sous son maître frémit ;
L'éléphant gigantesque à sa voix se soumit ;
Il plia sous ses lois la nature féconde,
Les trésors des forêts, de la terre et de l'onde,
Et pour régler les temps, son œil audacieux,
Dans le tour d'un compas a mesuré les cieux ;
Par l'ardente vapeur, dans sa féconde audace,
Sur l'aile d'une roue il dévore l'espace ;
Puis, sur un frêle esquif étrange passager,
Il va sonder les airs, oublieux du danger.
Ciel ! déjà la montagne et les villes tremblantes
Ne sont plus à ses pieds que des taches branlantes.

L'Athée.

Tous ces faits sont bien vieux ! le dernier a cent ans !
Tout prodige s'éteint sous l'outrage du temps :

Ou sa torche en courant dévoile les mystères,
Ou le progrès les compte au nombre des chimères ;
Mais ce qui me transporte et ce qui me confond.
Ce qui voile à mes yeux un mystère profond,
C'est le chapeau roulant, c'est la table roulante,
Mon âme à cet aspect interdite et tremblante,
Dans ce bois de sapin incomparable auteur,
Écoute en frémissant son prêtre et son docteur !
O divin-guéridon, apprends-moi ta science !
Silence et chapeau bas ! il ouvre la séance !.....

1853.

Lyon. — Imprimerie d'Aimé Vingtrinier quai Saint-Antoine, 36.

www.ingramcontent.com/pod-product-compliance
Lightning Source LLC
Chambersburg PA
CBHW061728180626
46818CB00006B/2524